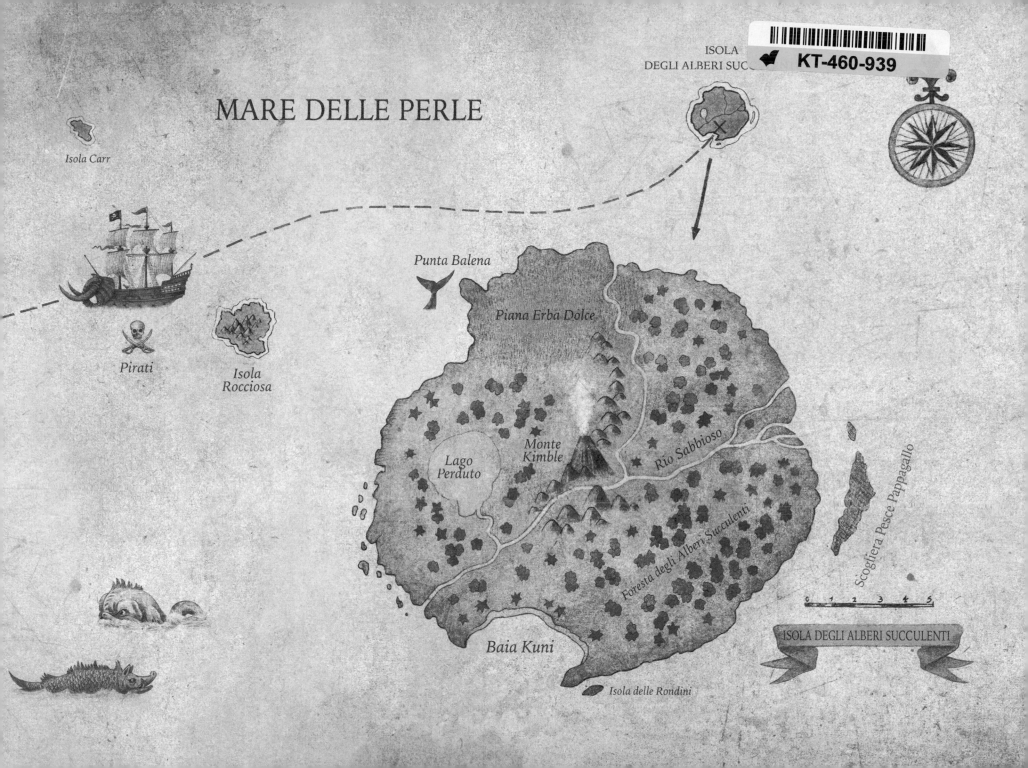

MARE DELLE PERLE

ISOLA
DEGLI ALBERI SUCC

Isola Carr

Pirati

Isola
Rocciosa

Punta Balena

Piana Erba Dolce

Monte
Kimble

Lago
Perduto

Rio Sabbioso

Foresta degli Alberi Succulenti

Scogliera Pesce Pappagallo

Baia Kuni

Isola delle Rondini

0 1 2 3 4 5

ISOLA DEGLI ALBERI SUCCULENTI

Per i nuovi compagni di viaggio
Wendy, Scott e Stephane.
Con profonda gratitudine ad Andrea, Lauren, Eric e Terry
D.S.

Per Kristen Hall, la nostra Stella del Nord.
Con ringraziamenti speciali ad Andrea Welch,
Lauren Rille e Dashka Slater
T.F. & E.F.

Dashka Slater
La nave cervo
disegni di Terry Fan e Eric Fan
traduzione di Masolino d'Amico

ISBN 978-88-9348-310-0
Prima edizione italiana settembre 2017
ristampa   11   10   9   8   7   6   5   4   3
anno   2027   2026   2025   2024   2023   2022

© 2017 Carlo Gallucci editore srl - Roma

Titolo dell'edizione originale: *The Antlered Ship*
Testi © 2017 Dashka Slater
Disegni © 2017 Terry Fan e Eric Fan
Pubblicato in accordo con Beach Lane Books,
un marchio Simon & Schuster Children's Publishing Division, New York - Usa

Progettato in Usa - Stampato in Cina

Gallucci e il logo ♦♦ sono marchi registrati

Se non riesci a procurarti un nostro titolo in libreria, ordinalo su:
gallucci editore.com

GALLUCCI
20 anni
2002-2022

LA NAVE CERVO

testo di
Dashka Slater

disegni di
The Fan Brothers

traduzione di
Masolino d'Amico

Gallucci®

Il giorno in cui arrivò la nave con le corna
Marcus cominciò a interrogarsi sul vasto mondo.

Aveva tante domande.

Perché certe canzoni ti fanno felice e altre ti mettono tristezza?

Perché gli alberi non parlano mai?

Fino a dove arriva il sole quando sprofonda nel mare?

Ma le altre volpi tacevano,
quando faceva queste domande.
«Che c'entra con lo spezzatino di pollo?»
rispondevano piuttosto.

Così Marcus scese al porto per vedere la nave.

Tre cervi lo accolsero sulla plancia.

Quando seppe che si erano smarriti, Marcus non si sorprese.

«Speriamo di ingaggiare un equipaggio competente» spiegò Lydia, che era il capitano.
«Temo che come marinai i cervi non valgano gran che»

«Vengo con voi» disse Marcus. Tra sé pensò:
*Nei mari cercherò volpi che conoscano
le risposte alle mie domande.*

Un piccione chiamato Victor si unì con tutto il suo stormo.
«Vogliamo avere delle avventure» tubarono.

«Benvenuti a bordo» disse il Capitano Lydia.
«Andiamo in un'isola *meravigliosa*, con erba alta e dolce, e succulenti
alberi nani. Quando ci arriveremo, faremo un'ottima cenetta».

Ma la traversata fu più ardua di quanto si aspettassero.

Piovve. Le onde si abbatterono sul ponte.

Perché l'acqua è così bagnata? si domandò Marcus.

I piccioni non erano abituati alla fatica
di issare e ammainare le vele.
Dopo il primo giorno,
andarono sottocoperta
a giocare a dama,
e lì rimasero.

I cervi temevano gli scogli aguzzi,
e i feroci pirati, e il mal di mare.
Si rannicchiarono sotto la prua
in attesa del peggio.

Dopo giorni di navigazione
alla deriva e di pasti a base
di gallette, gli animali erano
bagnati e doloranti.

«Dovevamo restare nei boschi» disse Lydia.

«I cervi non sono fatti per il mare»

«Dovevamo restare nel parco» aggiunse Victor.

«I piccioni non sono fatti per la fatica».

Marcus guardò i cervi e i piccioni.

«Le volpi non dovrebbero mangiare vegetariano» disse.

«Ma ci adatteremo alla meglio».

Quella sera Marcus trovò in cambusa un libro
di ricette e fece uno stufato caldo e tonificante.
«Vogliamo guardare le cartine?»
domandò dopo che tutti ebbero mangiato.

«Qui potremo trovare delle avventure»
disse Victor.

«E qui dei guai»
disse Lydia. «Ma…

qui troveremo l'isola con l'erba alta e dolce,
e i succulenti alberi nani».

MARE DELLE PERLE

Punta Balena

Piana Erba Dolce

Monte Kimble

Lago Perduto

Rio Sabbioso

Foresta degli Alberi Succulenti

Scogliera Pesce Pappagallo

Baia Kuni

Isola delle Rondini

0 1 2 3 4 5

ISOLA DEGLI ALBERI SUCCULENTI

E anche delle volpi pensò Marcus. *Volpi con delle risposte.*

Mentre calcolavano la rotta, il vento rinforzò.

Le nuvole della tempesta si assottigliarono in meravigliosi mulinelli.

«Issate le vele!» gridò Lydia.

Al mattino giunsero nel Labirinto degli Scogli Aguzzi,
ciascuno abbastanza grande da sfondare la nave.

Ma i piccioni andarono avanti in volo, tracciando un percorso attraverso le secche e gli scogli appuntiti verso il mare aperto e la salvezza.

Il pomeriggio seguente sbucò
una nave pirata da dietro
un'isola rocciosa.

«Consegnateci il vostro tesoro!»
ruggì il capitano «O vi faremo
un buco nello scafo».

«*Ammainate le corna!*»
ordinò Lydia.

Le navi si urtarono
e cozzarono e sbatterono…

finché i pirati non fecero dietrofront
e scapparono via.

Quella sera all'orizzonte
apparve un'isola con erba
alta e tremolante e bassi
alberi ondeggianti.
«L'abbiamo trovata!» gridò Lydia.
«Abbiamo vinto» tubò Victor.
«Vedete delle volpi?»
domandò Marcus.

I cervi brucarono l'erba e mordicchiarono gli alberi.
I piccioni raccontarono storie delle loro avventure
a uno stormo di gabbiani in ammirazione.

Marcus perlustrò l'isola alla ricerca di volpi.

Ma non ne trovò.

«Ho fatto fiasco»
disse Marcus a Victor e Lydia.
«Niente volpi. Nessuno che risponda
alle mie domande»
«Quali domande?» chiese Victor.

Marcus fece un gran sospiro. «Alle isole piace essere sole?

Le onde rassomigliano più a cavalli o a cigni?

E qual è il modo migliore di trovare un amico con cui parlare?»

«L'ultima è facile» disse Lydia.

«Si diventa amici quando si mangia insieme»

«Non sono d'accordo» disse Victor.

«Gli amici te li fai quando hai delle avventure insieme»

«Forse avete ragione tutti e due» disse Marcus.

«Ma io penso che gli amici te li fai quando gli fai delle domande».

«Bene dunque» rifletté Lydia.

«Torniamo verso casa domani?

O vogliamo visitare l'Isola della Deliziosa Sterpaglia?»

«Due avventure non bastano?» chiese Victor.

«Dovremmo averne almeno un'altra?»

«È meglio sapere cosa succederà?»

si domandò Marcus. «O è meglio essere sorpresi?»

Sorrise. «Tante domande in attesa di risposta.

E tante altre da porre».

Così la mattina
salparono l'ancora
e issarono le pesanti vele.
Ora sapevano che il vento
si sarebbe alzato e sarebbe caduto,
che le nuvole a volte avrebbero fatto
meravigliosi mulinelli e a volte
li avrebbero bagnati, e che tutto quello
che speravano di trovare lo si poteva trovare
a bordo di una nave con le corna…

...mentre erano diretti dovunque stessero andando.